KB116703

뉴욕 스케치

sempé
뉴욕 스케치

장자크 상페 글·그림 | 정장진 옮김

PAR AVION

열린책들

『뉴요커』의 윌리엄 숀과 리 로렌즈, 그리고 여러 나라 말을 구사하는 내 딸 잉가에게 이 책을 바친다.

PAR AVION
by
JEAN-JACQUES SEMPÉ

 이 책은 실로 꿰매어 제본하는 정통적인 사철 방식으로 만들어졌습니다.
사철 방식으로 제본된 책은 오랫동안 보관해도 손상되지 않습니다.

1

2

3

4

5

6

7

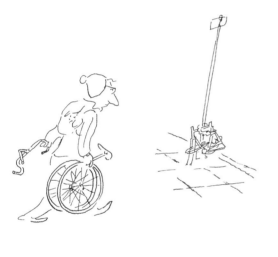

8

9

Sempé

르네알렉시스 드 토크빌에게

파리
레퓌블리크 광장 27번지

친애하는 르네알렉시스,
뉴욕으로 떠나기 전날 자네가 내게 했던 제의를 비행기를 타고 오면서 곰곰이 생각해 보았네.

고명하신 조상의 뒤를 이어 자네가 미국에 대한 책을 쓰기로 했고, 별것 아니지만 그 책에
내 작은 힘을 보태게 되다니 내게 그보다 더한 행복이 어디 있겠는가!

뉴욕에 머물면서 겪게 되는 이야기를 두서없이 써서 보내 주겠지만 자네라면 책을 위한
정보들을 어디서든 쉽게 긁어모을 수 있을 듯하네.

자네의 친구
장폴 마르티노

à René-Alexis de Tocqueville
27, place de la République
Paris

Cher René-Alexis,

J'ai beaucoup pensé, dans l'avion, à cette proposition que vous m'avez faite la veille de mon départ pour NEW YORK.

Quel honneur pour moi de contribuer, si modestement que ce soit, à ce livre que vous avez décidé d'écrire sur les U.S.A, bien des années après votre illustre aïeul !

Je vous enverrai, en vrac, le récit de mon séjour à NEW YORK et peut-être pourrez-vous glaner, ici ou là, quelques renseignements pour votre ouvrage.

Votre ami dévoué,

Jean-Paul Martineau,

There are still women like that !

아직도 저런 여자들이 있다니!

몇 년 전 봤을 때만 해도 친구인 스티븐스네 식구들은 모두 신경이 날카로운 상태였지만 지금은 훨씬
차분하게 가라앉아 있다네.
헬렌은 창조적인 일을 하는 새로운 직장을 얻고 또 아이까지 낳게 되자 훨씬 차분해졌고.
아이 또한 집 안에 개를 기르게 된 이후로 이전보다 덜 까탈스러워졌네. 착하지만 왠지 조금 불안해
보이기도 하는(그럴 나이이긴 하지만) 젊은 아가씨가 거의 매일 찾아와 아이와 개를 데리고 산책을 하게
된 다음부터는, 개 역시 한층 덜 으르렁거리게 되었네. 셋이 산책을 하는 동안 존은 조용히 일할 수 있게
되었고, 막 출간된 책 때문에 조금 흥분한 상태여서 그런지 조금 더 창조적인 일을 했으면 하는 간절한
바람을 갖고 있는 것 같네.

친구인 심프슨네 식구들은 다들 잘 지내고 있네. 그들도 훨씬 차분해져 있지. 딸아이 세라를 낳게 되자
앨리스 심프슨은 마음의 평정을 되찾았고, 이제 그토록 쓰고 싶었던 부모와 자식 간의 관계를 다루는 책을
쓸 수 있게 되었다고 하더군.
마이클 역시 훨씬 차분해졌어. 어떤 재단으로부터인지는 잘 모르겠으나 지원금을 받게 된 그는 이제
오랫동안 가슴속에만 묻어 두었던 책을 쓰게 되었지.
아까 이야기한 바로 그 젊은 아가씨가, 스티븐스네 집에 가는 날이 아니면 심프슨네 집에 와서 세라와
개를 데리고 함께 산책을 한다네. 때때로 고양이도 데리고.

새로운 책을 낸 존 스티븐스를 축하해 주기 위해 심프슨네 가족이 성대한 파티를 열었네.
나와 친분이 있는 밀러, 와서먼, 켈로그 등도 가족들을 데리고 파티에 왔지. 나는 친구인 벨르랭부바르의
아내인 솔랑주 벨르랭부바르와 함께 참석했어. 영어를 참 잘하는 여인이지. 사람들이 그녀에게 무슨 일을
하느냐고 묻곤 했는데, 그녀는 〈아무 일도 안 해요, 그냥 집에서 남편과 아이들 뒷바라지만 하고
있어요〉라고 대답을 하더군.
어떤 사람들이 걱정하는 표정을 지어 보이며 뭔가 창조적인 일을 하면서 자아를 실현해 볼 생각은
없느냐고 묻자, 그녀는 자기로서는 창조적인 일과 비창조적인 일을 구분하기가 참 힘들다고 했네.
대충 배운 내 영어 때문에 나는 그 뒤에 이어지는 이야기는 정확히 알아들을 수가 없었지. 왠지 모르게
그녀를 파티에 데리고 온 것이 조금 후회가 되었다네.

아직도 저런 여자들이 있다니!

하지만 내 생각이 틀렸네. 이틀 후 센트럴 파크에서 스티븐스네와 밀러네 식구들을 만났을 때 모두들
그녀를 매우 매력적인 여인으로 보고 있더군.

빌 밀러는 한 잡지사에서 문학 평론가로 일을 하고 있는데, 그리 대단한 잡지는 아니지만 갈수록 창조적인
잡지가 되어 가고 있지. 스포츠를 즐기는 빌은 존과는 전혀 다른 사람이야. 하지만 책 한 권을 끝내자 존도
마치 지적인 작업을 하면서 몸속에 쌓인 노폐물을 씻어 내겠다는 듯이 운동에 열의를 보이더군. 그날 저녁
초대를 받아 심프슨네 집에 가보았더니 사람들이 두런두런하고 있더군. 〈그렇게 땀을 뻘뻘 흘리며 문학
평론가 옆에서 조깅하는 것을 반드시 좋은 평론을 얻기 위한 것으로 해석할 필요는 없겠죠.〉
나는 대충 배운 내 영어 때문에 이 말이 비꼬는 말인지 아닌지를 정확히 헤아릴 수가 없었네그려.

지원금을 받게 된 마이클 심프슨을 축하해 주기 위해 밀러네 가족이 성대한 디너파티를 열었다네. 나는 매우 창조적인 일을 한다면서 늘 자기 직업에 대해 많은 말을 하고 다니는 캐런 플레밍과 함께 파티에 갔지. 캐런 플레밍이 한 여인으로서의 자아실현은 하고 싶어 하지 않는다는 것을 알게 되자, 다시 말해 그녀가 남편과 아이를 돌보며 집을 가꾸는 일에 무관심하다는 것을 알게 되자, 사람들은 걱정스러운 표정으로 이것저것 묻게 되었지. 하지만 그녀의 대답은 단호했고, 그런 생각은 성차별이라는 거야. 열띤 토론이 계속 이어졌지만 이번에도 나는 내 보잘것없는 영어 때문에 무슨 말인지 따라갈 수가 없었다네.

아직도 저런 여자들이 있다니!

캐런 플레밍은 소호에 있는 몇몇 부티크의 광고를 대행해 주는 일을 하고 있네. 이 가게들은 아주
널찍널찍해. 꽃병, 원피스, 옷걸이, 포도주 병따개 등등이 넓은 공간에서 마음껏 자태를 뽐내고 있지.
그렇게 오래 머물러 있지는 않았지만 서로 열띤 대화들을 나누는 것을 보자 나는 밀러네 집에 캐런을
데리고 온 것이 꼭 잘한 일만은 아닌 것 같았네.

이번에도 내 생각이 틀렸네. 다음 날 나는 소설, 에세이, 전기물이 서가를 가득 메우고 있는, 넓은 공간을 자랑하는 뉴욕의 한 책방을 찾아갔는데 그곳에서 헬렌 스티브스를 만났다네. 아마 그녀도 나처럼 남편의 새 책을 찾아보러 나온 것이었을 거야.

그녀의 말에 따르면 어제저녁에 모인 사람들이 모두 캐런 플레밍을 아주 매력적인 여인으로 보았고 덕분에 디너파티 역시 매우 성공적으로 끝났다는 거야.

파티 때 본 밀러네 식구들은 아닌 게 아니라 이전보다 훨씬 안정되어 있었네. 모두들 금연을 실천하고 있었고 소금을 치지 않은 음식만 먹고 있었어.

만날 때마다 그랬지만 빌 밀러는 내게 포도주를 감정해 보라며 고집을 굽히지 않더군. 나는 포도주는 잘 모르지만 빌에 대해서는 잘 알고 있지. 몇 번 망설인 끝에 나는 내가 맛본 것이 그 좋은 포도주, 코트뒤론임에 틀림없다고 말했지. 83년도 산이나 85년도 산일 거라고 하면서. 빌이 사람 좋은 미소를 지으며 술병을 보여 주었는데, 글쎄 캘리포니아산 포도주였지 뭔가.

두 아들인 존과 어빙도 이전보다 훨씬 차분해졌네. 어쩔 수 없이 거쳐야 하는 반항의 시기를 넘긴 두
청년은 자신들의 젊은 혈기를 한 곳으로 잘 이끌어 갔어. 존은 외환 딜러로 일을 하고 있고, 어빙은 어느
법률 회사에 들어갔다네. 아주 활기가 넘치는 곳이지. 두 사람 모두 성격이 개방적이고 특히 프랑스
문화에 홀딱 반해 있어. 『르 몽드』와 『리베라시옹』을 정기 구독하고 있다는 사실만 봐도 알 수 있지.
빌 밀러는 내가 두 아들과 친하게 지내는 것을 보고 매우 흡족해하고 있네. 그날 저녁의 디너파티는 정말
훌륭했어.

르네알렉시스, 자네한테 디너파티에 대해 한마디 해야겠네. 특히 뉴욕에서 파티장을 빠져나올 때의 예절에 대해서 말일세. 파티장을 떠날 때에는 파티장을 떠나서 정말 우울하다는 안색뿐 아니라 동시에 너무나 멋진 시간을 보냈다는 황홀한 표정도 표현해야 하네. 〈정말 좋았어요 *It was so nice*〉라고 하면서 말이야. 그건 프랑스에서 〈안녕, 또 봐요 *Au revoir, à bientôt*〉라고 하는 것과 같은 말이지.

또 몇 주나 몇 달 후 파티를 열었던 사람을 길거리에서 만나게 되면 그 즉시, 그때 일찍 자리를 뜨게 되어 안타까웠지만 황홀했다고 하면서 다시 한번 〈그때 정말로 좋았어요 *It really was so nice*〉라고 인사를 해야만 하네. 그건 프랑스에서 〈그간 별고 없으셨죠 *Comment allez-vous depuis la dernière fois*〉라고 하는 것과 같은 말일세.

지난주에 이곳에서는 정말 많은 일이 일어났다네. 물론 별로 걱정할 일들은 아니네. 벨르랭부바르네
가족들이 그냥 뉴욕에 눌러살기로 결정했어. (파리에 있는 아파트를 스티븐스의 뉴욕 아파트와
맞바꾸기로 한 거야.) 모두들 담배를 끊었고, 지금 와서 생각해 보니 내가 그 집에 가서 먹은 음식이
이상하게 싱거웠던 걸 보면 소금을 치지 않은 것 같네. 하루도 거르지 않고 센트럴 파크를 세 바퀴씩 도는
베르나르 벨르랭부바르는 자꾸만 나보고 자기 배의 근육을 좀 눌러 보라고 하더니 내 생각을 묻더군.
실망시킬 필요가 없을 것 같아 〈단단하군〉이라고 해줬지. 그랬더니 뭐라고 한 줄 아나? 〈단단한 게 아니라,
튼튼해진 거야. 튼튼해진 거라고. 뉴욕에서는 모든 것이 다 튼튼해야만 해. 이 점을 잊어서는 안 되지.〉
솔랑주도 나름대로 아내와 엄마 역할만으로는 뭔가가 부족하다는 것을 깨달았는지 프리랜서로 일을 하게
되었는데 그 일이 얼마나 창조적인지는 곧 알게 될 거라고 하더군. 헤어지면서 내게 〈뉴욕에서는 모든
일이 다 술술 잘 풀려 가요〉라고 한마디 덧붙이더군.

스티븐스네 식구들은 〈아파트를 바꾼다는 생각은 전혀 해보지도 못했지만 어쨌든 뉴욕에 살면 왠지
생활이 축축 처지곤 했다〉고 하네. 아파트를 바꾼다는 계획에 모두들 흥분했고, 헬렌은 책을 한 권 내려고
계획을 세우게 되었지. 하지만 생활과 일정한 거리를 두지 않는다면 그녀는 그 계획을 밀고 나갈 수가
없다고 믿고 있네(다시 말해 직장 생활을 하고 또 아이까지 키워야 하는 그녀로서는 자신만의 시간을
도저히 낼 수가 없다는 거지).
그녀는 생각했네. 존은 자신의 책을 한 권 냈으니 이제 그가 한 발 양보해 줄 차례라고. 헬렌은 내게
덧붙였어. 〈파리에서는 모든 일이 다 술술 잘 풀려 가요.〉

마이클 심프슨은 지금 중대한 결정을 내렸네(차분한 어조로 단호한 결심을 내게 들려주어서 알게
되었지). 즉 훨씬 지내기가 편한 코네티컷에 있는 작은 별장에 가서 몇 달을 보내겠다는 것인데, 책을
집필하기 위해선 꼭 필요한 일이기도 하지. 그는 신념에 가득 찬 눈빛으로 말했어. 〈이제 지원금을
받았으니 무슨 일이 있어도 해내야만 해. 책을 쓰겠어.〉
심프슨의 아파트에서 바라보는 야경은 너무나 멋지더군. 〈이 집이 내 집이라면 나는 아무 일도 하지 않고
이 반짝거리는 황홀한 야경만 바라보면서 살 것 같군.〉 마이클이 내 말을 받았네. 〈바로 그게 내 문제야.〉

캐런 플레밍이 곧 결혼을 할 예정이라네. 헬렌 스티븐스와 앨리스 심프슨은 이 소식을 듣고 너무나 기쁜 나머지 캐런의 〈인게이지먼트 파티*engagement party*〉를 직접 열어 주기로 했다네. 자네는 이미 알고 있겠지만 인게이지먼트 파티란 프랑스 말로 하면 〈약혼식*fiançailles*〉이지. 그런데 〈인게이지먼트〉라고 미국식 악센트로 말하는 것을 들으면 나는 조금 공포를 느낀다네. 어제도 나는 속으로 여러 번 〈나는 파혼했다*J'ai rompu mes fiançailles*〉라는 말을 되풀이해 봤네. 알다시피 내게 실제로 일어났던 일이지. 그 말의 느낌은 조금 우울하기도 하지만 심각하다거나 하지는 않고 오히려 부드러운 분위기가 있다고 생각하네. 하지만 〈나는 계약을 파기했다*J'ai rompu mon engagement*〉라고 되뇌다 보니 왠지 어떤 죄의식 같은 것이 어깨를 짓누르는 느낌이 들었고, 또 법원에서 나온 사람이 들고 다니는 작은 가방이 열리면서 인지가 더덕더덕 붙어 있고 스탬프가 찍혀 있는 서류들이 부스럭거리는 소리가 들리는 것만 같았네.

어쨌든 캐런 플레밍은 의젓하고도 차분한 인상을 한 은행원인 남편감을 사람들에게 소개했네. 여전히 우아한 모습을 하고 있었지만 그날만은 훨씬 다소곳했네. 또 말도 별로 하지 않았고. 하지만 이 말만은 여러 번 반복하더군. 〈저는 하마터면 오직 자신의 일을 위해서만 매진하는 커리어 우먼이라는 환상의 노예가 될 뻔했어요.〉

아직도 저런 여자들이 있다니!

뉴욕에 있는 내 친구들이 변하고 있다고는 생각하지 말기를 바라네. 그들은 변하고 있는 것이 아니라
진화하고 있는 것이니까. 적응하고 있는 것이지. 벨르랭부바르네 사람들도 내게 그런 말을 하더군.
〈적응할 줄 알아야 해. 여기서 배울 것이 있다면 바로 이 점이야.〉 하기야 흘러가는 시간처럼 모든 것이
변하고 있지. 날씨도……
오늘 아침 일기 예보는 오후 3시경에 소나기가 온다고 했네. 하지만 나는 멍청하게도 일기 예보를
대수롭지 않게 여기다가 그만 길거리에서 소나기를 만나고 말았지. 그런데 내가 두 번째 빗방울을
맞았는가 싶을 때에 누군가가 불쑥 나타나 우산을 내미는 것 아니겠나? 나는 헐값에 우산 하나를 샀네.

하지만 소나기는 금방 그쳤고 갑자기 돌풍이 불어와 내 우산을 뒤집어 놓더니 끝내는 갈기갈기 찢어 놓았네. 파리에 갈 때에도 가져가려고 했는데…….

조금 기분이 상한 나는 흉측하게 망가진 우산을 바꿀 생각에 우산 장수를 찾아갔네. 하지만 날씨가 바뀌었듯이 우산 장수도 사업을 바꾸어 손목시계를 팔고 있더군. 내가 다가갔더니 소나기가 지나가는 시간을 정확히 알려 주는 시계가 있다고 하면서 하나 사라고 하더군.

그럼 또 편지할 테니 잘 지내게,
나의 벗 르네알렉시스.
친구 장폴 마르티노로부터.

To keep in touch.

계속 연락하자.

르네알렉시스,
만일 뉴욕에 관한 글을 쓰기 위해 뭔가가 필요하다면, 금요일 오후 5시쯤 한번 길거리에 나가 보게나.

아니면 일요일 아침, 가뜩이나 눈이 내려 차도 다니지 않고 오직 신호등만이 하릴없이 깜박거리는 쓸쓸한
거리에 나서 보게.

자네가 호텔 엘리베이터에 올라탔는데 만일 아무도 없다면, 또 엘리베이터가 자네가 누르지도 않은 층에
선다면, 문이 유난히도 늦게 열리고 그래도 누구 하나 타는 사람이 없다면, 한두 번이 아니라 그런 일이
똑같이 생긴 여러 층에서 계속해서 일어난다면, 내려가려고 했는데 엘리베이터가 올라가거나 혹은
반대로 올라가려고 했는데 내려간다면,

르네알렉시스, 서서히 어둠이 내려 뉴욕 전체에 우울하면서도 아름다운 불빛들이 들어오는 시간에,
뉴욕에 있는 호텔들의 거의 모든 방에 전화번호부와 성서가 한 권씩 갖춰져 있는 것을 발견할 수 있다면,
그것은 모두 〈계속 연락을 취하기 위해서 *to keep in touch*〉라는 것을 알아야 한다네.

정말 그렇다네, 르네알렉시스. 이곳 뉴욕에서는 무엇보다 사람들과의 연락이 끊어지지 않게 할 줄
알아야 하네. 모든 것이 이것을 위해서 존재한다고 해도 지나친 말이 아니지. 전화만 봐도 알 수 있는 일
아니겠나.

모든 이들이 전화에다가 보조 장치를 달고 있네. 다른 사람이 어디에 있는지 또 현재 자기 위치는 어딘지 등등을 하루 종일 확인하고 확인시켜 주는 기계들 말일세.

여보세요, 나 헬렌이야. 또 연락할게. ……
안녕, 나 제인인데, 전화 좀 해줘. 한번 만나자고. ……
여보세요, 존, 나 밥인데. 전화해 줘. 12시까지는 집에 있을 거야. 2시 이후에는 팔, 일, 이, 사, 이, 일, 육으로 해봐. 3시에는 팔, 일, 이, 사, 이, 일, 칠로 해도 통화할 수 있을 거야.

안녕 밥? 나 존이야. 지금 12시 15분인데 2시엔 자네한테 전화를 할 수가 없을 거 같아. 대신 팔, 이, 이, 삼, 칠, 칠, 일로 자네가 걸든지, 아니면 이따가 밤에 집으로 걸든지 해줘.

안녕 헬렌? 나 수전인데 외출했다가 지금 막 돌아왔어. 2시까진 집에 있을 거니까 전화해 줘. 그때까지 못 하면 칠, 이, 일, 육, 이, 육, 이로 해. 4시엔 마사네 집에 가 있을 거야. 오, 일, 이, 칠, 일, 칠, 사로 걸면 돼. 6시쯤엔 다시 집에 와 있을 거야. 세라한테 수화기를 넘길게. 캐시한테 메시지를 남기고 싶대. 그럼……

연락이 끊어지지 않도록 하는 방법에는 명함을 이용하는 것도 있지. 여분으로 항상 충분한 양의 명함을
갖고 있어야만 하네.

자네도 잘 아는 이야기네만 프랑스의 페리괴에 사는 앙드레 카즈나브라는 먼 친척 한 분이 미국에서 사업
한번 해보려다 쓰디쓴 실패만 맛보고 말았지. 명함이 떨어져서 아무 종이나 찢어 이름과 주소를 써 주곤
했으니……. 더군다나 인쇄업을 한다는 사람이 그랬으니 그 결과야 안 봐도 뻔한 것 아니었겠나.

하지만, 어느 곳이나 마찬가지겠지만, 여기서도 사람을 직접 만나는 것이 무엇보다 중요하다네. 특히
뉴욕 사람들은 어떻게 해서든 그런 만남을 자주 가지려고 하지. 홍보 회사에서 일하는 찰스 와서먼이란
친구가 하나 있는데 — 이 친구는 꼭 〈홍보 업무가 아니라 전체적인 커뮤니케이션 업무〉라고 자신의 일을
말한다네 — 어느 날 그 친구를 따라 규모는 작지만 아주 재미있는 파티에 참석한 적이 있었네. 한 광고
대행사에서 어떤 대기업의 홍보를 위해 그를 고용하고 있었어. 대기업 대표는 그 일을 맡고 있는 모든
사람들에게 기념 메달을 나누어 주었네. 또 광고 대행사 사장은 최고급 종이에 컬러로 인쇄된 광고 모형과
각자의 이름이 예쁜 손글씨로 쓰여 있는 증서도 돌렸다네.
여러 사람들이 일어서서 일장 연설을 했는데 모두들 〈오늘의 모임을 보니 앞으로 서로의 협력을 돈독히
해나가는 데 아무런 문제가 없다고 믿어 마지않습니다〉라고 하더군.

이틀 후 와서먼의 집에 잠깐 들렀는데 누가 문을 두드리더군. 모두들 바쁜 것 같아 내가 나가서 문을 열어
주었지. 퀵 서비스에서 편지를 한 통 들고 온 것이었는데 배달원은 자전거 바퀴 하나를 떼어 들고 왔더군.
어쨌든 광고 대행사에서 온 편지 내용인즉슨 대기업에서 광고 대행사가 필요 없다고 하니 광고
대행사에서도 와서먼이 필요치 않게 되었다는 것이었네. 하지만 서로 연락은 계속한다더군.

어느 날인가는 친구 존 스티븐스의 책을 출판해 준 출판사에서 파티를 한다고 해서 가보았네. 언론 담당이었던 에설 시먼스라는 여직원이 안식년 휴가를 떠나기로 했다고 해서 열린 파티였지. 출판사 사장은 인사말을 하면서 본인은 물론이고 기자와 작가들 모두 에설의 이번 휴가를 아주 길게 느낄 것이고, 1년 동안 그녀의 노하우를 절실히 필요로 하게 될 것이라고 하더군. (존이 그때 내게 귀엣말로 뭐라고 했는지 아나? 〈저 여자는 아무것도 모르는 여자야〉라는 거야.) 인사말이 끝나자 사장은 에설에게 메달 하나와 그동안 회사에서 출간해서 베스트셀러가 된 책들을 모아 예쁜 상자에 넣은 것을 기념품으로 주더군. (존은 내게 〈저 여자는 절대 저 책들을 읽지 않을걸〉이라고 말했지.) 꽤나 감격한 에설은 만일 지금 자기 호주머니에 있는 비행기 표만 아니라면(어디로 떠나는지는 끝내 밝히질 않았지만 어디 있든지 서로 연락은 하고 살자고 하더군), 회사를 그렇게 오랫동안 비울 생각을 하지 못했을 거라고 했네. (존이 다시 내 귀에 대고 속삭였는데 〈사장은 결국 어떻게 해서든 저 여자를 해고하고 말 거야〉라고 하더군.) 인사말이 다 끝나자 에설은 사장과 포옹을 주고받았고 파티에 참석한 모든 사람들과도 작별 인사를 나누었네. 그런데 존과 포옹을 하면서 그 여자가 뭐라고 중얼거렸는지 아나? 〈난 죽어도 다신 이따위 회사 같지도 않은 회사엔 발도 들이지 않을 거예요. 하기야 얼마 안 가서 문을 닫게 될 테지만……〉 모두들 서로 연락하고 지내자며 파티장을 떠났다네.

출판사에서의 파티가 끝나자마자 나는 뛰다시피 해서 메리와 밥 브리스먼 부부의 집으로 갔네. 메리는
나를 초대하면서 〈파티가 아니라 친한 사람들끼리 모여 저녁이나 먹자는 거예요, 8시까지 와주세요〉라고
했네. 미국인들에게는 프랑스인들이 갖고 있는 고약한 습관은 없어. 프랑스에서는 〈8시에 오세요〉라고
해놓고 8시 30분에 가도 일찍 왔다고 눈치를 주곤 하지. 공연히 이 술 저 술 내놓고 주전부리를 시킨 다음
한 시간도 식탁에 앉아 있지 못하게 한 다음 내쫓지 않나, 프랑스에선. 나는 정확히 8시에 메리의 집에
갔네. 모두들 와 있더군. 그런데 식탁 한가운데에 촛대만 덩그러니 놓여 있을 뿐 음식이라곤 아무것도
없는 거야. 접시 같은 것도 없었고. 부엌은 기가 막히게 설비가 되어 있었지만 이상하게도 아무리 냄새를
맡아 보아도 음식 준비하는 냄새가 나질 않았다네.
8시 1분이 되자 누군가가 초인종을 누르더니 웬 중국인이 들어와 음식이 가득 든 가벼운 중국식 접시들과
젓가락들과 작은 술병들을 꺼내 놓고 가더군. 그제야 알았네. 아까부터 들려오던 낯선 음악이 중국
음악이었다는 것을.

(그날 정확하게 시간에 맞춰 간 것이 얼마나 잘한 일인지 나중에야 알았지. 지난주에 나는 다른 친구로부터
초대를 받았는데 조금 늦는 바람에 그만 인도 음식과 함께 친구 집에 도착하고 말았네. 저녁 음식과 함께
초대받은 집에 도착하는 그 묘한 기분이 어떤 것인지 자네는 정말 모를 거야.)

나는 메리 브리스먼의 여동생인 케이트 옆에 앉게 되었네. 몇 잔 마신 중국 술 덕분에 그날 저녁 나는
로맨틱한 분위기를 잡아 가며 뉴욕이 나에게 무엇인지에 대해 조금 수다를 떨었네. 케이트는 미국
여인들이 대개 그렇듯이 내 이야기를 친절하게 들어 주었네. 그녀는 내 말이 끝나기가 무섭게 〈오 마이 갓,
정말 당신 말이 맞네요〉, 혹은 〈마이 갓, 당신은 정말 예민하시고 세련된 분이시군요〉 하며 맞장구를
쳐주었네. 저녁 식사가 끝날 무렵 그녀에게 클럽에 가지 않겠느냐고 해보았지. 그녀는 나를 따라나섰네.

우리 두 사람은 재즈 클럽에 들어갔지. 그 재즈 클럽 이름이 뭐였는지 아나, 르네알렉시스? 바로 그
이름만 들어도 젊은 시절 자네와 나의 가슴을 설레게 했던 〈빌리지 뱅가드〉였다네. 케이트가 내 팔목을 꽉
움켜잡았네. 사람이 어찌나 많던지, 〈나 여기 있는데요〉 하고 말하는 것이 좋을 것 같더군. 하지만 그녀가
내 팔목을 잡은 것은 나를 잃어버릴까 봐 걱정되어서가 아니었네. 그때 연주되고 있던 음악이 바로 그녀의
아버지가 좋아하던 곡이었다고 하더군. 그녀는 젊을 때 한동안 어쩔 수 없이 그 곡을 들을 수밖에
없었다는 거야. 그녀가 좋아하는 음악을 들을 때면 늘 아버지가 볼륨을 줄이라고 해서 문을 닫아걸고 듣곤
했다나.
그녀는 들어오자마자 나가자고 했네. 집까지 바래다주겠다고 했더니 거절하더군. 하지만 서로 연락은
하고 지내기로 했네.

나는 〈빌리지 뱅가드〉에 혼자 남아 있다가 꽤 늦게서야 나왔네. 그런데 길거리에서 우연히 프리송인가 브리송인가 하는, 파리에서 알고 지내던 사람을 만났다네. 내 기억이 틀리지 않는다면 의류 회사에서 일을 하고 있다고 했던 것 같군.

우리는 연락을 취하기로 약속하고 명함을 주고받았네.

그럼 또 편지하겠네, 르네알렉시스.
장폴 마르티노로부터.

You got it !

_____

넌 할 수 있어!

르네알렉시스, 자네가 부탁했던 짐을 전해 주려고 어제 자네 사촌 누이를 찾아갔네. 수고랄 것도 없는
간단한 일이었지. 여기 뉴욕에선 모든 사람들이 늘 뭔가를 들고 다닌다네. 도시 전체가 언제나 공사
중이라 그런지, 모두들 늘 이사를 하고 있다는 느낌이 들 정도라네.

자네 사촌 누이는 자네가 보내 준 선물을 펴보더니 무척이나 좋아하더군. 내가 자세히 설명해 주었지. 프로방스 지방의 장인이 짠 천인데, 그 파란색은 세잔, 보나르, 뒤피 등의 화가가 쓰던 파란색에서 따온 것이라고……. 그녀는 내 설명을 듣고 나더니 정말로 감동을 한 것 같았네.

오! 정말 고마워요! 정말 멋지네요! 정말……

두 딸 헬렌과 메리도 각자 선물 상자를 풀어 보더니 깜짝 놀라면서 귀여운 목소리로 탄성을 지르더군.
내가 또 자세히 설명을 해주지 않았겠나. 이 천은 단지 옷을 만드는 데만 쓰이는 것이 아니라 식탁보, 숄,
목도리 등을 만들 때에도 쓰인다고 말이야. 우리는 옆방으로 옮겨서 차를 들며 이야기하기로 했다네.

오! 정말 멋져! 환상적이야! 아름다워!

연한 파란색 찻잔들이 그보다 훨씬 우아한 파란색 식탁보가 깔린 테이블 위에 가지런히 놓여 있었네. 모두 프로방스의 그 파란색이었다네. 내가 가져간 바로 그 파란색과 똑같은 색이었지. 냅킨도, 또 의자 위에 놓여 있는 작은 쿠션도 모두 같은 색이었네(나는 속으로 매디슨 애비뉴에 가면 아마도 몇십 미터씩 잘라서 파는 모양이라고 생각하게 되었네). 아무도 이 우연을 지적하지는 않았네. 자네가 보낸 선물의 독창성을 무시하는 그 어떤 말도 하지 않았고, 그렇다고 집 안을 장식한 안주인의 감각에 손상을 입힐 말도 오가지 않았네. 나는 섬세한 파란색 찻잔이 유독 마음에 든다고 했지. 모두들 긍정적인 사고방식을 갖고 있었다네.

내 말에 어떤 위선이 있다고 생각하진 말게. 뉴욕에서 모든 것이 다 긍정적이어야만 하네.

오! 정말 좋네요! 정말 멋져요! 정말……

뉴욕 사람들의 이런 긍정적인 면을 나는 마라톤 대회에 참가하면서 보게 되었다네. 6844란 등 번호를
달고 뛰던 사람이 있었는데(그 사람의 번호가 내 생년월일이어서 지금도 기억하고 있네만) 지나가던
사람들이 얼마나 그 사람을 응원하던지……. 아직도 결승점까지는 꽤 먼 거리가 남아 있었고, 뛰는 꼴을
보아서는 도저히 완주할 형편이 안 되어 보였어.

그런데도 사람들은 모두 외쳐 대는 거야. 〈You got it!〉 하면서 말이야. 〈다 왔어요〉라거나 〈당신은 할 수
있어요〉라고 옮길 수 있겠지. 회의적인 말 대신 이렇게 용기를 불어넣어 주는 말을 하는 것은, 할 수
있다는 의지만 있으면 무슨 일이든지 할 수 있다는 생각의 발로가 아닌가 싶네. 얼마나 긍정적인가?

뉴욕 사람들의 말 속에는 긍정적 측면으로 향하는 힘이 있어서, 할 수 있다는 자신감을 북돋아 준다네. 예를 들어, 자네가 〈시골에 가서 자전거를 탔습니다〉라고 하면 프랑스에서는 보통 〈나도 해봤어요〉 라든가(특이한 체험을 자랑하려는 사람에게 약간의 실망을 주는 말이겠지), 〈건강에 좋은 일이죠〉라는 말을 할걸세(다 아는 말을 하니 이런 경우에는 더 이상 대화가 이어지지 않겠지). 그런데 여기 뉴욕에서는 뭐라고 하는지 아나? 〈어머, 그래요 *You do?!*〉라며 의문문과 감탄문이 뒤섞인 반응을 보인다네. 이런 말을 들으면 자네는 신이 나서 한참 동안 설명을 할 수 있게 되는 거지.

뉴욕 사람들은 남의 말을 듣는 데에도 적극적이라네. 이 사람들은 상대방이 어휘가 달려서 끝내는
횡설수설하게 되더라도 말끝마다 〈맞아요, 맞아 *I see, I see*〉라고 해준다네. 뿐만 아니라 자주
〈굉장해요 *Fantastic!*〉 혹은 〈대단한데 *Great!*〉 하며 탄성을 지르기도 한다네. 이렇게 해서 모임이 끝나고
나면 뉴욕에는 또 한 명의 〈재미있는 사람 *funny man*〉이 탄생하는 거지.

뉴욕에서는 언제나 적극적이고 열정적이어야 하네. 수도 없이 전화를 한 끝에 열리게 된 디너파티라면
사람들을 깜짝 놀라게 하는 프로그램쯤은 당연히 마련되어 있어야만 하는 거야. 문 앞에 도착하게 되면
기쁨에 겨운 환호성을 질러야 하는 것은 물론이고, 도저히 믿을 수 없다는 듯한 탄성도 연발해야만 하네.
그래야 그날 파티가 살아난다는 거지.

르네알렉시스, 우리 둘이 영어를 배울 때가 생각나나? 그때 선생은 악센트를 강하게 주라고 강조하곤
했었지. 그런데 그것만이 아니야. 뉴욕에서는 문장 전체를 역동적이고 감동적인 어투로 말해야만 하네.

장폴! 아니, 언제 왔어요!

그래야만 파티든 뭐든 어떤 일의 흥이 배가된다는 것이지.

장폴이에요!

굉장한 소식이군!

혹시 분위기가 가라앉기라도 하면,

여기 얼마나 있을 거예요?
어디 보자……
어디 보자……
전화번호가 몇 번이죠?

그것은 오히려 더 강한 신념과 확신을 갖기 위해 잠시 쉬는 것일 뿐이라네.

우리가 전화할게요, J. P.!

곧!

내 친구들은 역동적이고 열정적이다 보니 때때로 새로운 것만을 추구하는 경향을 보이기도 한다네. 지난
금요일엔 심프슨네 식구들하고 중국 식당에서 저녁을 먹기로 되어 있었네. 그런데 그 이틀 전인 수요일에
스티븐스네 가족들한테서 자기네들도 합석하고 싶다면서 전화가 왔는데, 새로 문을 연 남미식 중국
식당으로 가자는 거야. 그런 줄 알고 있었는데 목요일에 호텔로 메시지가 왔어. 읽어 보니 밀러네
식구들도 함께할 건데, 장소를 새로 문을 연 태국 식당으로 바꾸었다는 거야. 그리고는 금요일 오후에
다시 메시지가 왔는데, 존 스티븐스가 정말 기가 막힌 아프가니스탄 식당 하나를 새로 찾아냈다는 거야.
모두들 거기서 만나기로 했지. 그런데 금요일 저녁엔 그 식당이 문을 닫지 뭔가.
그래서 서로 전화를 해서 다음 주에 다시 만나기로 했네.

일을 할 때도 마라톤 대회를 할 때와 마찬가지라네. 결재를 받아야 할 무슨 기획서 같은 것이 있으면 뉴욕 사람들은 서로 힘내라고 야단들이라네.

일이 진행되는 매 단계마다 사람들은 서로 나서서 나의 기획 내용을 다른 사람들에게 설명해 주고
아이디어를 제공하곤 한다네.

훌륭합니다!

기획 서류를 넘겨받는 사람들을 잘 이해시키기 위한 것이지.

굉장해요!

또 기획서를 작성한 사람의 능력을 조금 과장해서 칭찬함으로써 용기를 북돋아 주는 것이기도 하고.

대단하군요!

그렇게 함으로써 당사자로 하여금 목표에 조금 더 가까이 접근할 수 있도록 도와주는 것인데, 모두들 그런 식으로 해서 자신들의 목표에 도달할 수 있었던 거지.

베런스타인 씨는 당신 아이디어가 정말 좋다고 하던데요. 단지……

르네알렉시스, 나는 이런 식으로 남에게 자신을 적극적으로 표현하는 방법을 배워야 한다는 것을 깨닫게 되었네. 덕분에 여러 번 허탕만 치다가 마침내 자네 사촌 누이의 딸인 메리를 초대하는 데 성공할 수 있었다네. 그녀가 발레를 좋아한다는 것을 알아낸 거지. 링컨 센터에 두 자리를 예약했다네.

다시 납니다. 장폴 마르티노인데요!

주역을 맡은 발레리나는 어찌나 몸이 가볍고 근사하던지. 줄거리를 외우고 있을 정도로 내가 잘 아는
발레였지. 남자 무용수도 꽤 하긴 하는데, 아무래도 그 아름다운 발레리나의 마음에 들기에는 뭔가 좀
부족한 것만 같았네. 어쨌든 나도 모르는 사이에 내 입에서는 〈You got it! You got it!〉 하는 소리가
흘러나왔네. 나 자신도 깜짝 놀랐지.

그럼 이만,
장폴 마르티노로부터.

To grow
_____

키워라

르네알렉시스, 어제는 은행에 가서 어느 뉴욕 신문이 보낸 내 첫 수표를 받았다네. 은행 일은 여러 번
시험을 거쳐야만 하는 무슨 복잡한 종교 의식 같았지. 확인 시험, 미로 시험, 넘어가면 안 되는 줄 서기
시험 등등. 몇 푼 안 되는 돈을 위해 이런 비장하기까지 한 의식을 거쳐야만 하다니 조금 어처구니가
없었어. 마침내 나는 질문 시험을 통과하지 못하고 백기를 들고 말았다네. 〈이 돈이 정말로 필요하신지,
그래서 꼭 찾아야만 하시는 건지……?〉 분명히 말하지 않고 이런 식으로 에둘러 말하는데 어떻게 하겠나.
결국 몇 푼 안 되는 내 돈을 입금되는 대로 가장 좋은 조건으로 운용해 달라고 맡겨 버리고 말았네. 돈을
예쁘게 키워 달라고 말일세.

Offered
by FLOWER st...
143 W 73rd ST.
840 3001

if you
smo
Try

르네알렉시스, 아닌 게 아니라 여기 뉴욕에선 모든 것이 자라고 번성해야만 한다네. 발진해야 한다는 말일세. 가장 보잘것없는 것에서부터 큰일에 이르기까지 여기선 누구든지 뭔가 〈대단하고*great*〉, 〈창조적인*creative*〉 일을 하려고 한다네.

어제저녁 밀러 형제를 만나서 이야기를 나누었네. 이야기는 주로 뉴욕 사람들이 갖고 있는 능력, 즉 일을 발전 확대시키고 그럼으로써 도약시켜서 마침내 최대화하는 그 능력에 모아졌지. 자네 계획, 즉 나와 함께 책을 출간하려는 계획을 밀러 형제에게 말했더니 놀랍게도 예상외의 관심을 보였다네. 내가 자네에게 보낸 편지들의 사본을 밀러 형제는 유심히 읽어 보더군. 며칠 후 어빙 밀러가 보낸 편지가 자네에게 갈 거야.

자네의 변함없는 벗 *Sincerely yours*
장폴 마르티노로부터.

르네알렉시스 드 토크빌 귀하
레퓌블리크 광장 27번지
파리 75010
프랑스

마르티노 – 드 토크빌 공저(共著) 관련

안녕하십니까,

친구이자 저희 고객인 장폴 마르티노 씨를 만나 선생님과 함께 고려 중인 책 출간 계획에 대해
이야기를 나누었습니다.

마르티노 씨가 선생님께 보낸 자료의 사본을 우리도 전해 받았습니다. 마르티노 씨가
선생님께 제공한 정보에 대한 계약금으로 가능한 한 속히 1만 달러를 보내 주시기를
바랍니다. 이 금액은 법률 절차를 회피하는 데 필요한 금액입니다.

우리 고객인 장폴 마르티노 씨가 받게 될 로열티에 관한 세부 사항을 담은 계약서 초안을
가까운 시일 내에 보내 드리겠습니다.

그럼 선생님의 회신을 기다리고 있겠습니다.

안녕히 계십시오.

변호사
어빙 밀러

HARPER SINGLETON & BURNBAUM

September 15, 1989

Monsieur René-Alexis de Tocqueville
27 place de la République
75010 Paris
France

Ref.: Martineau - de Toqueville Book Collaboration

Dear Sir,

Our friend and client, M. Jean-Paul Martineau, has spoken to us at some length about the book that you and he are preparing together.

He has entrusted us with a copy of the various documents that he has sent you. We would appreciate receiving from you as soon as possible a first check for $10,000 in payment for the information which he has transmitted to you; this will enable us to avoid having to institute legal proceedings.

You will be receiving very shortly the first draft of a contract containing all details of the royalties due to our client, M. Martineau, in this collaboration.

We look forward to hearing from you at your earliest convenience.

Sincerely yours,

Irving Miller,
Attorney at Law

뉴욕 스케치

옮긴이 정장진은 1956년에 태어나 고려대학교 불어불문학과를 졸업하고 동 대학원에서 석사 학위를 받은 뒤, 프랑스 파리 제8대학에서 20세기 소설과 현대 문학 비평을 전공하여 박사 학위를 취득했다. 귀국 후 고려대학교, 서강대학교 등에서 강의하며 문학 평론가와 미술 평론가로 활동하고 있다. 1998년에는 예술의전당에서 열린 「루브르 조각전」 학술 고문을, 2000년에는 성균관대학교 대학원 겸임 교수를 역임하였다. 2011년 고려대학교 석탑강의상을 수상하기도 했다. 지은 책으로는 『미술을 알아야 산다』, 『광고로 읽는 미술사』, 『문학과 방법』, 『두 개의 소설, 두 개의 거짓말』, 『영화가 사랑한 미술』 등이 있다. 옮긴 책으로는 카타리나 잉엘만순드베리의 『감옥에 가기로 한 메르타 할머니』, 『메르타 할머니, 라스베이거스로 가다』, 마리 다리외세크의 『암퇘지』, 지그문트 프로이트의 『예술, 문학, 정신분석』 등이 있다.

글·그림 장자크 상페 옮긴이 정장진 발행인 홍예빈·홍유진 발행처 주식회사 열린책들 주소 경기도 파주시 문발로 253 파주출판도시 전화 031-955-4000 팩스 031-955-4004 홈페이지 www.openbooks.co.kr Copyright (C) 주식회사 열린책들, 1998, 2018, *Printed in Korea.* ISBN 978-89-329-1893-8 03860 발행일 1998년 11월 30일 초판 1쇄 2009년 7월 10일 초판 16쇄 2009년 11월 20일 2판 1쇄 2018년 7월 15일 신판 1쇄 2022년 4월 25일 신판 2쇄

이 도서의 국립중앙도서관 출판예정도서목록(CIP)은 서지정보유통지원시스템 홈페이지(http://seoji.nl.go.kr)와 국가자료공동목록시스템(http://www.nl.go.kr/kolisnet)에서 이용하실 수 있습니다.(CIP제어번호 : CIP2018017178)